바람처럼 살고 싶다

정상화 제6시집

시음사
시사랑음악사랑

본문
시낭송
감상하기

QR코드 스마트폰으로 QR 코드를 스캔하면
시낭송을 감상할 수 있습니다

 제목 : 덫
시낭송 : 박영애

제목 : 강아지풀
시낭송 : 박영애

 제목 : 가지치기
시낭송 : 박영애

 제목 : 인연
시낭송 : 박영애

 제목 : 아름다운 인연을 만나는 것은
시낭송 : 박영애

 제목 : 바람처럼 살고 싶다
시낭송 : 박영애

 제목 : 눈송이처럼
시낭송 : 박영애

 제목 : 꽃 피나 꽃 지나
시낭송 : 박영애

 제목 : 7월의 연서
시낭송 : 박영애

 제목 : 달개비꽃
시낭송 : 박영애

 제목 : 이슬만큼만
시낭송 : 박영애

 제목 : 가을비
시낭송 : 박영애

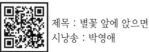 제목 : 별꽃 앞에 앉으면
시낭송 : 박영애

 제목 : 아름다운 삶의 방식
시낭송 : 박영애

 제목 : 가시는 괜히 있는 게 아니다
시낭송 : 박영애

 제목 : 꽃이 너에게
시낭송 : 박영애

제목 : 미움도 사랑이다
시낭송 : 박영애

 제목 : 삶은 바람처럼
시낭송 : 박영애

 제목 : 꽃의 속내
시낭송 : 박영애

 제목 : 개망초 사랑
시낭송 : 박영애

 제목 : 오월의 찔레꽃
시낭송 : 박영애

 제목 : 봄비 내리는 날
시낭송 : 박영애

 제목 : 가슴에 흐르는 봄
시낭송 : 박영애

 제목 : 삶은 꽃이다
시낭송 : 박영애

 제목 : 콩나물 같은 사람
시낭송 : 박영애

 제목 : 시골 할매의 하루
시낭송 : 박영애

 제목 : 가슴에 피는 꽃
시낭송 : 박영애

 제목 : 치마라는 지우개
시낭송 : 박영애

 제목 : 한때는 그랬지
시낭송 : 박영애

 제목 : 간절한 기도
시낭송 : 박영애

 본문 시낭송 모음 1

 본문 시낭송 모음 2

영상은 YouTube 정책 또는 운영 관리에 따라 삭제될 수도 있습니다.

시인은 자연을 이야기하고 시낭송가는 자연을 품었다
글자는 날개를 달아 언어로 날고 소리는 자연에 눕는다

시인의 말

시는 삶이다.
우리네 삶을 곱게 그리고
표현 될 때 삶의 의미는 더욱
아름다워진다.
삶을 언어로 그리는 순간
시인은 얼마나 행복한지!
한 편의 삶이 독자들에게
위로가 되기를......

시인 정상화

∗ 목차

* 목차

✳ 목차

담쟁이

언양읍성 무너진 성벽을
담쟁이 기어올라 더 이상 오를 곳 없어
덩굴손 허공을 물컹거리고 있다

이젠 멈추거라
저 너머엔 절벽이다
바닥부터 한 땀 한 땀 디딜 틈 없었어도
스스로 촉수 녹여 붙인 고통으로
결국 성벽을 밟고 섰으니

이젠 멈추거라
모두가 불가능이라 외칠 때
진액으로 몽그라진 촉수 더듬어 나 보란 듯
절망은 이렇게 넘는 거야 웃으며
성벽을 밟고 섰으니

이젠 멈추거라
항거할 수 없는 돌덩이 앞에
모두가 힘들다 소리칠 때
여린 손으로 성벽을 기어올라
해맑게 웃으며
누구도 그리지 못한 벽화마저
완성했으니

사랑의 자유

밤새 검둥이 울부짖음
잠을 깨 나가 보니
사랑의 배신에 가슴 후벼 파는
슬픈 소리다

이웃집 숯검댕이 노랑이랑 사랑놀음
지켜보다 눈 뒤집힌 본능적 소리
숨넘어갈 듯 뛰고 돌다 헉헉거린다

새끼를 낳을 수 없는 나이
사랑의 파장은 나이와 무관한 듯
검둥아 어쩌지
사랑의 자유가 목줄 길이만큼인 것을

널 버리고 배신한 개보다 못한 놈 잊어라
지고지순한 네 마음도 본능 앞에
백 마리 넘는 출산에 같은 놈이 없더라

너나 숯검댕이나 노랑이나 똑같네
사랑을 하더라도 품격 높은 사랑을 하거라
단 한 번의 사랑일지라도 죽어도 좋을 만큼 멋진

빠스

언양장날 배내골
첫닭이 울면 보리밥 한 줌 삼키고
목이 휘어지게 팥 열두 되 이고
사십 리 오두막 고개 넘어 언양장 보러 갔다

한 푼 더 받으려 장사치와 밀고 당기다
돌아갈 길 먼 탓에 장사꾼에 휘둘려
삼천육백 원 받아 쥐고
간칼치 세 마리 사백오십 원에 사서 돌아선다

오원 짜리 석남사 차표 들고 몰리는 인파
콩나물 빠스 타려는 순간 깍쟁이에게
차표 들치기 당하고 억울함에 눈물 흘리며
밤새 간월재 넘을 때 흰 눈이 내렸다

열한 살 아들 검정 고무신 신고
푹푹 빠지는 눈길 감각 잃은 발걸음
내리정 마을 희미한 호롱불 가물거릴 순간
어머니 한숨 후 내쉬며 뒤돌아 꼭 안아 주시며
빠스 못 태워져 미안하데이

말없이 억울함에 훌쩍이고
미안함에 어깨 다독이고
벌겋게 부은 발끝에 힘을 주고
그대로 안겨 깰 수 없는 깊은 잠에
빠지고 싶었다

덫

어둠이 내릴 무렵
왕거미 큰 나뭇가지에서
바람 타고 맞은편 가지에 오가며
꽁지에 투명한 끈끈이 사출하며
덫을 놓고 있다

바람을 이용한 번지 점프
빙빙 돌며 밖에서 안으로 한 코
한 코 투명한 그물을 엮어 가더니
중앙에 죽은 듯 먹이를 기다린다

잠자리 멋 내며 날으다
보이지 않는 거미줄에 걸려들어
파닥일수록 옥죄어지고
주검 되어 체액을 빨리고 있다

죽음의 그림자 모르고 조심성 없어
거미밥 자초한 네 모습
방관한 공모자의 가슴도 저민다

먹고 먹히는 인간사
생존을 위함이야 그렇다 치고
부른 배 더 누리기 위한 탐욕의 덫은
어찌할꼬
갈 땐 손 펴고 가는데

제목 : 덫
시낭송 : 박영애
스마트폰으로 QR 코드를 스캔하면
시낭송을 감상할 수 있습니다

11

강아지풀

길섶 어디에나 지천으로 자라
눈길 받지 못한 평범한 초록 꽃
땅에 닿을 듯한 허리 굽힘
부는 대로 순응하며 꺾이지 않는 속내

가슴에 담은 소중한 사랑으로
흔들림으로 위장한 눈물겨운 춤사위
속으로 푸른 독기 머금고
겉으로 하얀 미소 짓는 강아지풀

살랑바람 밀려온 순간
말라버린 하얀 꽃대공
수백 마리 강아지 떼 되어
콩콩 짖어 꼬리 흔들며
깨알같은 까만 진실 토하고 있다

제목 : 강아지풀
시낭송 : 박영애
스마트폰으로 QR 코드를 스캔하면
시낭송을 감상할 수 있습니다

가지치기

감나무 가지 잡고
갈등에 빠져 허우적거리다
튼실한 꽃눈 남기고 잘라버린다

좀 전까지 한 몸이
선택되지 못한 채 잘려진 아픔 되어
툭 떨어진다
품었던 꿈과 함께

피어서 추한 꽃의 설움보다
피지 않음이 다행이고
억지로 피어지는 고통보다
스스로 피어짐이 아름다운 것을

죽을 때까지 끊을 수 없는
연의 끈 자른 농심의 가슴엔
동행할 수 없는 이별의
눈물 흐른다

떨어져 썩은 네 육신 부활할 때쯤
탐스런 감 탱글거리겠지
어차피 세상은
적자생존인 것을

제목 : 가지치기
시낭송 : 박영애
스마트폰으로 QR 코드를 스캔하면
시낭송을 감상할 수 있습니다

13

아이스께끼의 흔적

배내골 이천분교
봄소풍 가는 날
일 학년 가슴은 설렘으로 꽉 찼다

사각 도시락 보리밥 멸치볶음
보자기 대각선 둘러매고
봄바람 맞으며 장구메기 넘어
사십 리 걸어 석삼사

"아이스−께끼 ~" 처음 듣는 외침
십 원 주고 다섯 개 받아 쥐고
달콤 시원함에 젖었다

네 개는 빈 도시락에 담아
아부지 엄마 동생 얼굴 그리며
즐거운 달음박질

어둠이 쌀려 사립문 들어서고
가족들 둘러앉은 앞에 으시대며 도시락 뚜껑 연 순간
막대기 네 개 나란히 누워 있었고

한참을 억울해서 울었다

14

인연

봄결아
함부로 맺지 마라
좋은 인연은 잡고
나쁜 인연은 흐르게 두라

인연을 맺는 것은
향기에 취해 하얗게 된 가슴에
말없이 젖어 물드는 것이더라

다른 환경에서
다른 색깔을 하고서도
서로의 향기에 묻혀가는 것이더라

나 하나 버리고
너 하나 채워서
서로의 가슴에 죽는 것이더라

인연이 아니면
나를 보이지 마라
그것은
고스톱 치면서 상대에게
패를 보여 주는 것과 같더라

잘못된 인연은 흐르게 두고
좋은 인연은 최선을 다해 잡아
아름답게 꽃을 피우거라

제목 : 인연
시낭송 : 박영애
스마트폰으로 QR 코드를 스캔하면
시낭송을 감상할 수 있습니다

삶은 만남이니까

15

모내기

사십오 일 못자리 지나
앙앙 자박 자박 모포기기 흐른다
모판 올리랴 이앙기 운전하랴
뒤돌아 모포기 잘 나오는지
써레질 끝난 검은 백지 위에
푸르름 포기포기 심는다
힘들고 지쳐도
희망이란 끈을 잡고
온 들녘 파란 꿈을 그린다
검은 들녘 위에
초록의 꿈
그것도
살아있는 생명으로 대작을
그린다
농사꾼만이 그릴 수 있는
자연을 배경으로 지상 최고의
길직이다

아름다운 인연을 만나는 것은

아름다운 인연을 만나는 것은
서로의 향기에 취해
말없이 물들어 가는 것이다

서로의 환경을 이해하고
서로 색깔을 인정하면서
서로의 향기에 묻혀 가는 것이다

가슴에
나 하나 버리고
너 하나 채워서
서로의 가슴에 둥지를 짓는 일이다

여기서 저기로 가는 길
새로운 세상 둘이 하나 되어
서로의 가슴에 호흡하며
강물처럼 흐르는 것이다

지상에서 가장 어려운 것은
아름다운 인연을 만나는 것이고
그보다 어려운 것은
인연을 곱게 지켜가는 것이다

아름다운 인연이 만들어지기를
까만 밤 하얗게 기도한다

제목 : 아름다운 인연을 만나는 것은
시낭송 : 박영애
스마트폰으로 QR 코드를 스캔하면
시낭송을 감상할 수 있습니다

17

산은 나의 가슴이다

산은
나의 꿈을 키운 곳
큰 산이 되고 싶었다
틈만 나면 산으로 간다
봄이면 고사리 둥글레 각종 나물
여름이면 싸리버섯 산딸기 도라지
가을이면 더덕 송이 능이 국버섯
영지 산삼 다래 머루 개복숭아 돌배
겨울엔 삽주 칡 마 하수오 약초
열거할 수 없는 소중한 것들
부지런만 하면 경제적 가치까지
산은 나의 가장 멋진 친구이자 스승이다
오늘도 어머니 능이차를 위해 산을 오른다
송이밭을 지나며 어제 큰 것만 따고
크라고 솔잎으로 묻어 두었는데 땅까지 파 뒤집어 놓았다
산을 모르는 사람들의 무식한 욕심
필요한 만큼만 가져오고 감사하는
맘으로 산에 와야 하는데
경험으로 보면 겸손한 맘으로
산에 와야 바라는 것을 얻을 수 있다

돌 하나 풀 한 포기라도 소중히
하는 마음이 없으면 산에 오지 마라
어린 시절 송이를 망태에 가득 따서
허기진 배를 채우던 시절이 그립다
투 두둑 알밤이 떨어진다
깊은 산속 알밤이 벌겋다
자루에 주워 담으려다 손을 멈추고 돌아선다
나무 타는 다람쥐가 웃고 있다
알밤 곁에 독사가 똬리를 틀며
꼬리를 떨고 있다

나도 가끔은 울고 싶다

모처럼 맑은 날
방기말 논 탈곡을 시작했는데
벼가 얼마나 잘됐는지
촤르르 알곡이 쏟아진다
아
콤바인이 스멀스멀 늪으로 빠진다
꼼짝달싹 못 하고 땅으로 파고든다
트랙터로 당기니 트랙터마저 넘어 간다
울고 싶다
나도 가끔은 이렇게 울고 싶다
무밭에 계시던 어무이
"미친놈 빠지는데 마러 드가노"
욕을 한 말이나 퍼붓고는 돌아 선다
포크레인 기다리며 하늘을 본다
그냥 웃자
울고 싶어도 웃는 거야
사는 게 평탄하면 재미없잖아
인생이 그런 거야

바람처럼 살고 싶다

가을 햇살이 나뭇잎에 내려앉아
가슴을 열어 보이니 부끄럼으로
발갛게 달아오른다

지난 시간 무게 없는 짓누름으로
꽃 피우고 열매 맺은 열정의 조각을
마지막 불 지르고

찬 이슬에 말라버린 육신
스스로 감당하지 못해 뒹굴며
봄의 꽃을 위해 썩어가는 눈물겨운 몸짓

산다는 것
얇은 언어로 그리기에는 손이 떨리지만 그만그만한 우리네 삶의
끝은 맨손을 흔들 뿐

안개처럼 소멸해도 후회 없는 오늘
바람처럼 흔들다 흔적 없는 뒷모습이 얼마나 아름다운가

 제목 : 바람처럼 살고 싶다
시낭송 : 박영애
스마트폰으로 QR 코드를 스캔하면
시낭송을 감상할 수 있습니다

초야(初夜)

고운 사연 벌겋게 익어
터질 듯한데
찬 바람에 문드러질까
꼭 다문 앙칼진 입술

살짝 삐져나온 가슴속 향기
스스로 겨워 쌓아 둔
고백하지 못한 부끄럼
심지로 밀어 불타고

몸과 마음 하나 된 맑은 영혼
혈관을 타고 부풀어
"사랑한다" 달싹이는
저 고운 입술

한마디 고백으로 흘러내려
하얗게 구겨진 이불에 수놓은
동백꽃 봉오리

기다림도 산다는 거네

진달래애기씨

바람이 찬데
가슴 시리지 않니

째끄만 방 속
흔들리는 시간

숱한 유혹 견디며
오직 꽃 피울 꿈

죽을 만큼 울다가
스스로 지친 웃음

나뭇가지 타고 노는
개미들의 간지러움

잠든 게 아니었어
봄기운 스멀거리면

가슴 풀어
그대 가슴에 안 기울 꿈

그렇게 꼭 깨물고
겨울을 견디고 있는 거니

보이는 게 전부가 아니었어
사랑은 그래야 하는 거니

상처도 삶의 꽃이다

부서지고 깨어질 때마다
당차게 고비를 넘기신 당신

찢긴 가슴 위에 또 다른
의지로 삶을 다독이신 당신

골목길에 들어섰을 때마다
빛을 향해 끈질기게 영혼을
채찍 했던 당신

그렇게
오늘도 생명의 끈을 놓지 않고
제 곁에 남아 주셔서 고맙습니다

아픔 없는 삶이 어디 있으랴
상처도 아픔도 내 삶의 꽃이니
그렇게 피나 봅니다

부서짐으로
부서질 수 없는 영혼을 만드신
당신을 사랑합니다

내일의 꿈보다
현재의 당신이 더 소중함을 알기에
후회 없는 사랑 쏟으렵니다

어무이,
피말린 3시간 30분
잘 견뎌주시어 감사합니다
대기실 안내판 수술완료 단어에
어찌 그리 눈물이 나던지요

눈송이처럼

제목 : 눈송이처럼
시낭송 : 박영애
스마트폰으로 QR 코드를 스캔하면
시낭송을 감상할 수 있습니다

어둠을 뚫은 눈발
얼굴에 부딪혀 눈물인 양
흘러내리고

밤새 늙음을 외면한
당신의 독기 오른 가슴으로 뿜어낸
넋두리가 허공을 후려칩니다

어린 시절 검정 고무신 자국 남기며
간월재 넘었던 당당한 모습은
추억 속 빛바랜 사진일 뿐

퍽퍽 떨어져 쌓여가는 소똥처럼
당신의 가슴은 무겁고
물컹이다 굳어져 갑니다

눈송이 스침으로
치를 떠는 라일락 꽃눈처럼
당신의 가슴에도 첫눈 내린
그리움 한 송이 피었으면 좋겠습니다

몸은 마음의 그림자거니
당신의 가슴이 연분홍이면 참 좋겠습니다

태어난 순간 모든 생명의 예정된 길이
저 눈송이처럼 가벼웠으면 좋겠습니다

꽃 피나 꽃 지나

봄비
바람을 꼬드겨
홍매화 입술을 훔치니
붉은 살내음에 아랫도리가
터질 듯 아프네

그대로 멈추어라
피고 나면 이별이니
피는 척하면 안 되겠니
그냥 그렇게 오랫동안

삶은 그런 거야
슬픔을 가두고
인연 따라 피었다
인연 따라 지는 것

미련한 사람
피고 짐이 하나임을 모르고
기다림에 가슴 뛰고
보냄에 눈물짓네

 제목 : 꽃 피나 꽃 지나
시낭송 : 박영애
스마트폰으로 QR 코드를 스캔하면
시낭송을 감상할 수 있습니다

27

유월의 산야

이 골짝
저 골짝
농염한 치마 속
난리 났네
정신줄 놓고 신음하는
열정들 보게나

터질 듯 익은 보리싹
문드러지게 한 불붙은 사랑은
재가 되어 새로운 씨앗을 뿌리니
어찌 미움이 있을까

속일 수 없는 붉은 마음
가슴 비집고 삐져나오니
어쩌라고
난 어쩌라고
참말로 환장하겠네

7월의 연서

푸른 들녘엔
태양의 열기보다 강한
농부의 가쁜 숨결이 타오르고

태풍의 심술이
나무와 꽃들을 흔들어 비벼도
온몸으로 즐기는 처연함

존재하는 모든 것
피우지 않음 없으니
잉태의 기쁨으로 저마다 다른
향기와 색깔로 웃고 있네

가슴 깊이 꿈틀거리는 욕망
슬픔도 아픔도 겹도록 붉은
백일홍 가지에 걸쳐두고

허리 꺾인 7월의 묵정이 밭
활짝 핀 개망초 무리 속에
숨겨진 고운 사랑
당신께 드립니다

제목 : 7월의 연서
시낭송 : 박영애
스마트폰으로 QR 코드를 스캔하면
시낭송을 감상할 수 있습니다

달개비꽃

한 줌 확 뜯어
밭 귀퉁이 던져버린 다음날
마디마디 흩어져 뿌리내린
지독한 여인

남색 날개 짓 하늘거린 속치마
한나절을 훔쳐봐도
참으로 희한하게 생긴 유혹
꿀단지 없이 추파를 흘리네

이슬로 피었다가 낮 12시면
어김없이 시들어도
한나절 허무를 초월한 사랑
당당한 푸른 날갯짓

단 한 번 내쳐진 아픔
그리도 한스러웠던지
새파랗게 질린 입술로
달려드는 섹시한 여인

그냥
당할 수밖에

제목 : 달개비꽃
시낭송 : 박영애
스마트폰으로 QR 코드를 스캔하면
시낭송을 감상할 수 있습니다

이슬만큼만

저
쪼그만 것이
투명한 가슴으로 세상을
보고 듣네
메뚜기 볏잎 갉는 아픔
엉무구리 뚜깔부는 소리
갈라진 논바닥의 목마름
멧돼지 횡포
미꾸라지 통발 유혹
잠자리 공중 구애
할머니 팬티 색깔
농부 발자국 소리
모두 알고 있네
저
작은 가슴으로
작다고?
가뭄을 버팅기는 해를 품은
큰 희망이니
나만큼만 살아라

제목 : 이슬만큼만
시낭송 : 박영애
스마트폰으로 QR 코드를 스캔하면
시낭송을 감상할 수 있습니다

가을비

혼몽한 가슴이
가을비 탓에 까맣게 탄다
고개 숙인 벼들은 햇살 그리움에
낟알 끝으로 눈물을 찔끔거리며
심장을 꺼내고
못다 벤 논두렁 풀을 타고 새앙쥐
눈까리 또록이며 벼알을 까니
농부는 잰걸음으로 낫을 휘두른다
소나기는 가을을 위하여 쏟아지지만
철없는 가을비는 촌부의 마음을
아는지 모르는지 여물어 가는 알곡의
뒤 통에 빗금만 칠 뿐
살다 보면
의지와 관계없이 비를 맞고
속살의 부끄럼을 적시는 순간도 있나 보다
자궁 위로 초음파 미끄러질 때
막 눈을 뜨는 생명이 섬씻 놀라듯

제목 : 가을비
시낭송 : 박영애
스마트폰으로 QR 코드를 스캔하면
시낭송을 감상할 수 있습니다

32

동네 한 바퀴

침상에 누워 눈동자 움직인
반경만큼의 삶
천정과 벽이 유일한 세상
"어무이, 마실 갑시더"
"오냐"
"어무이, 잼 나제"
"미친놈아 논에 피좀 뽑지 뭐했노"
"어무이 때문에 시간이 없지요"
"글라, 미안타"
"이 집은 누구 집?"
"용근이 집 아이가"
"아이고 잘하시네"
"이건 뭐지요"
"모개 아이가 마니 달릿네"
" ··· "
일을 놔두고 못 보는 성질은 여전하시고
기억 속에 삶도 그대로이다
매일 건강의 기준을 읽어 보는 동네 한 바퀴
당산나무 지나며 뭐라고 중얼거리시더니
집에 가자고 성화시다
돌아갈 집이 있어 편안하고
함께할 수 있어 행복하니
피한다고 도망간다고 해결되는
삶이 있을까
마음에 문만 열면
언제나
즐거운 삶이거늘

별꽃 앞에 앉으면

봄 여름 가을 겨울
햇살 닿는 논두렁 아래
작지만 끈질긴 생명력으로
가장 낮은 곳에서
가장 높게 빛나고 있다

하늘의 별들이 밀회를 나누다
들킨 수줍음으로 피어났을까

앙증맞게도 비굴하지 않고
작지만 교만하지 않으며
겸손이 뭔지 모르면서
겸손을 생명으로 살아가네

땅에 닿을 듯
머리를 낮추어야만
볼 수 있는 별꽃

저 지독한 겸손 앞에
저 지독한 순수함에
심장이 쪼그라든다

제목 : 별꽃 앞에 앉으면
시낭송 : 박영애
스마트폰으로 QR 코드를 스캔하면
시낭송을 감상할 수 있습니다

시인의 눈

시인의 눈은 맑음이다
잡초는 뽑아도 뽑아도
끈질기게 올라와 농부를 힘들게 한다
온갖 방법을 동원해도
결국 잡초는 풀꽃을 피워낸다
그리움의 뿌리 같은...
마지막 농부의 선택은
잡초를 꽃으로 보며 사랑한다
그리고
그들의 이름을 부른다
달개비 강아지풀 깨풀 어저귀
쇠비름 쇠뜨기 쑥 수박풀 고들빼기
별아재비 개불알꽃...
화려하지 않아도 고운 삶
차마 지울 수 없는 이름들!

변기의 속삭임

오줌똥만
주세요
다른 것은 싫어요
저를 이쁘게 사랑해 주신다면
본 것에 대해서
꼭
비밀을 지켜드리겠습니다

* 뻬이징 서우두국제공항 화장실에서

아름다운 삶의 방식

작답 밭 비닐을 정리하다
온몸 고슴도치가 되었네
건드려 주기를 바란 기다림의 시간

저린 발 털며 버틴 속내
생존을 위한 몸부림을
인정하지 아니하고 욕을 퍼부었으니

삶의 방식이 다를 뿐
모두가 다른 삶의 기준이니
모두가 아름다운 것을

도깨비바늘아, 미안해
어떤 이유로도 존중되어야 할
삶의 방식을 두고 욕했으니
어쩜 좋으니!

제목 : 아름다운 삶의 방식
시낭송 : 박영애
스마트폰으로 QR 코드를 스캔하면
시낭송을 감상할 수 있습니다

에미가 된다는 것

새끼 젖 빨리는 백구를 위해
돼지고기 삶아 밥그릇에 놓아도
침 흘리며 먼 산 바라보고 꼼짝도 않는다
새끼들이 달려들어 먹는 것을
지켜보는 모습에 가슴이 뜨겁게
달아오른다
백구의 본능을 억제하는
그 무엇?
뭘까
머리일까
가슴일까
새끼들이 먹고 남은 뼈다귀
슬그머니 당겨 와작 깨물어
밥그릇에 뱉어 놓고는
침을 질질 흘리며 다시 먼 산을
보고 있다

가난 속의 선택

아부지,
국일 광산 옥 캐러 가시고
술 조금 드신 날은 라면땅을
꼭 한 봉지만 사 오셨다

막내만 생각하시는
아부지가 야속한지 막내 위 여동생은
똥파리 질투하듯 앵앵 침만 삼켰다

그땐 몰랐다
막둥이는 아부지와 함께하는 시간이
가장 짧다는 것을

봄까치꽃의 속삭임

깊은 잠에 빠진 봄의
콧잔등을 간지럽히는
봄까치꽃

2월의 눈송이에 놀라
절구공이 짓눌린 가슴으로
납작 엎드려 떨고 있다

얼마나 놀랐을까
철없이 봄을 들고 있다가
접질려진 상처

가장 낮은 곳에서
모두를 귀하게 여기며
살았을 뿐인데

사랑의 실체는 뭘까

1
소밥을 주려고 죽통을 꺼내는 순간
송아지가 궁둥이를 들이받아 넘어진 순간
어처구니없게도 소똥에 비벼진 몸뚱이
그냥 웃음이 난다

2
목욕탕 문을 열자 소똥 냄새로 인상을 쓰는 사람들
샤워를 끝내고 탕에 앉아 보니
곤봉 같은 물건을 흔들며 빙빙 도는 사람
도깨비방망이처럼 구슬을 박아 자랑질일까
마누라 결제는 받고 시술을 했는지
참 궁금한 순간이다

3
사랑은 가슴이다
송아지가 주인을 따르는 건 교감이 있고 난 후에 가능한 것
사람의 관계도 마음이 흘러 따스함으로 쌓인 고운 행동으로
이어질 때 꽉 찬 사랑이 되는 것
시술한 거시기로 쾌락을 얻는다고
모두가 해결될까
영혼이 하나 되면 몸의 그리움은
저절로 따라오는 것이 아닐까
참 모르겠다
사랑의 진실을!

농부의 손

흙에 비벼진 손바닥으로
외손주 얼굴을 만지려니 금이 갈까 두렵고

어무이 등을 쓰다듬으니 시원하다
좋아하시는데

인감증명서를 발급받기 위해
지문 인식기에 엄지를 얹으니 판독 불가

농부는 그렇게 산다

가시는 괜히 있는 게 아니다

어무이,
양쪽 옆구리 콩팥으로 연결된 소변줄 끼울 때
박힌 가시를 품고 산다
소염작용을 돕기 위해 해동피海桐皮
벗기다 손톱 밑으로 가시가 박혔다
쓰리고 아프다
빼낸 자리 피가 솟구친다
가시를 달고 사는 나무들
연약한 몸으로 밟히고 밟힌 시간이
만들어 낸 가시를 달고 산다
탱가리 가시에 찔린 물이 아플까
엄나무 가시에 찔린 바람도 아플까
아프게 하지 않으면 찌르지 않는 가시
독을 품은 건 아니었어
함께 살고 싶은 순한 마음뿐
발가벗은 꿩 피 묻은 해동피 넣고
압력솥뚜껑을 채운다
상처 내지 않으면 상처받지도 않았다
탐내지 않으면 피를 쏟지도 않았다
인연을 맺기 전 한 번쯤은 멈칫하라고 가시를 달고 산다
치마 밑에도
바지 속에도 가시가 있고
가슴 깊은 곳에 가시가 있다
찌르기 위함이 아니다
인연을 위한 따끔한 인사일 뿐

 제목 : 가시는 괜히 있는 게 아니다
시낭송 : 박영애
스마트폰으로 QR 코드를 스캔하면
시낭송을 감상할 수 있습니다

생각을 덮어씌운다

코로나보다 무서운 프레임이
마술처럼 착각의 세계로 끌고 간다

평생 농사지으며
착하게 살아온 이웃집 할머니는
대추 한 알 주워 먹고 도둑이 되고

평생 권세 누리며 착한 척 살아온 장관은
온갖 탈법 불법 저질러도 마음 빚진 선한 사람이 되고

감자 먹고 나무하며 도인처럼 사신
배내골 외할아버지는
빨갱이로 낙인찍혀 감옥에서 맞아 죽었다

무섭다
빨강이 파랑이 되고
파랑이 빨강이 되는 세상
목적을 위해서라면
진실도 묻어 버리는 세상
그만하자 우리
심장의 피는 모두 붉잖아
덮어씌운다고 모를 줄 아니

농부의 일탈

안골 논 천둥지기 물을 가둔다
논두렁 붙이는데
트랙터 시북에 빠져 꼼짝 못 한다
순간적으로 일어난 상황에 헛웃음만 나온다
논둑 제비꽃은 걱정스러운 얼굴이고
산언저리 진달래 복숭아꽃은 놀자 유혹하네
실수는 또 다른 반전의 기회가 되는 걸까
트랙터도 버리고 아낙네 손잡고
봄나들이나 갈라요
화전에 막걸리 한 사발 나누며
젓가락 장단에 취해 놀라요
포기할 수도 멈출 수도 없는 삶
잠깐 비틀거린다고 넘어지기야 하겠소
온 산이 꽃인데...

꽃이 너에게

칼날에 베인 듯
가슴이 서걱할 때가 있다

사랑한다는 것
삶을 영위한다는 것
뿌리째 흔들릴 순간도 있다

깊은 밤 뒤척이며
나에게 왜 이러는 거야
베갯잇 적실 때도 있다

어스름 저녁 다랭이 논
먹이 기다리는 백로도
날개를 접고 싶을 때가 있다

님이여,
살아간다는 것
그렇게 순간을 견디는 일이다

제목 : 꽃이 너에게
시낭송 : 박영애
스마트폰으로 QR 코드를 스캔하면
시낭송을 감상할 수 있습니다

깨어진 가슴

휴대폰이 깨졌다
머릿속이 텅 비어 혼란한데
폰 속에 들어있는 전화번호를 소환할 수 없다
목소리가 보고파도 수리될 때까지는
방법이 없으니
폰이 없던 시절도 삶에 아무런
불편이 없었는데
손가락 하나로 세상을 보는 시대
기계에 의지하는 생활이 편리하지만 가슴은 쪼그라든다
문자도 톡도 전화 없는 순간
조금 불편할 뿐 땅과 하늘에 꽃들에
쏟아진 마음이 어찌나 고운지
어쩜,
문명의 혜택만큼 황폐해진 가슴
폰에 중독된 불안심리는 아닐까

호박꽃의 삶

못생겼다 하지만
아름다운 꽃이라네
한 뼘 남짓 땅에 뿌리박아
산 넘고 물 건너네
밭 귀퉁이 논 귀퉁이 담벼락 아래
자리 가리지 않고 끈질기게
뻗어 간다
나무 위 담장 위에 노란 꽃 피우고
누런 궁둥이 수줍게 내민다
꽃으로 미음을 잎으로 쌈과 국을
애호박 된장찌개 모두를 내어 주는
어머니 같은 꽃이다
흔들리는 꽃 속엔 어김없이
벌들이 사랑을 나누고 있다
진실함으로 순박하게 살아가는
꽃이다
입맛이 없다
애호박 하나 따서 갈치찌개라도 해야겠다
꽃을 머리에 이고 있는 애호박이
어찌나 고운지 넋 놓고 바라본다

소는 소더라

4개월 된 송아지
하루 서너 번씩 가두리 뛰어나와
사료며 짚을 밟고 호작질이다

소리 지르며 혼을 내어도
눈알 때로때록 굴리며 잘못을
인정 않는 원망의 눈빛

터진 사료 포대 정리하며
욕을 퍼붓다 피식 웃는다
짐승을 갈구는 자신이 못난 놈

목줄 묶으니 버팅기며
이리 뛰고 지리 뛰며 소리 지르며
미친 듯 날뛴다

짐승은 짐승일 수밖에
사람다운 인격 개다운 견격
소다운 우격 다름은 인정해야지

아침 이슬

논두렁에 핀 물꽃
투명한 속살로 햇살에 저항하며
마지막 비명을 지른다

장화발에 밟힌 이슬
밤새 흐느낀 풀잎의 흔적이라
걸음 멈추고 사연을 듣는다

순간에 사라져도
삶은 아름답고 깨끗하며
풀잎의 생명을 지킨 고운 삶이라고

햇살에 저항하는 무수한 방울방울
풀잎과 속삭인 이야기
차마 밟을 수 없어 석고상이 된다

미움도 사랑이다

곱게 보면
고목나무에도 꽃이 피고
밉게 보면
장미에도 가시가 있으니

뒤틀린 가슴에 쏟아지는 미움은
자신을 갉아먹는 한 마리
벌레일 뿐

어무이 치매 증상의 반복
콧줄도 빼버리고 소변 주머니 열어
침상을 비벼놓으니
비운 가슴도 가시가 쌓인다

미움은 사랑의 동의어일까
아들이 때론 남편이 되고
미움이 가슴을 찌를 때
꼭 안으며 "어무이, 사랑해요"
"나도" 하시며 웃으신다

제목 : 미움도 사랑이다
시낭송 : 박영애
스마트폰으로 QR 코드를 스캔하면
시낭송을 감상할 수 있습니다

작은 기도

모두가 꽃만 보고
탄성을 지른다
어둠의 세계에서 쉼 없이
꽃의 아름다움을 유지시키고
자연에 순응하도록 노력하는
뿌리의 삶을 잊어버리고
아름다움도 시간의 흐름 위에
무너지지만 화려한 순간만은
최고의 사랑이었으니
사랑도 찬란한 순간이 지나면
초라한 순간도 있음이니
절정의 뒤란에 울고 있는 삶을
곱게 바라볼 수 있게 하소서

삶은 바람처럼

유월을 점령한 개망초
해어진 어머니 삼베 적삼 같은
삶을 살아간다

화려하지도 추하지도 않고
홀로든 무더기든 나름 애잔한
가슴이다

언제나 변함없는 너
흔들림 없이 그 자리에 앉아
묵정밭 주인으로 살아간다

한 번은 나처럼 살라 하며
살아갈 이유를 속삭인다
결코,
그늘은 두려워 말라며
가냘픈 어깨 기대어 부는 바람에
적당히 흔들리며 살라 한다

제목 : 삶은 바람처럼
시낭송 : 박영애
스마트폰으로 QR 코드를 스캔하면
시낭송을 감상할 수 있습니다

53

때

때를 놓치면
모든 것이 도루묵이 된다
모내기에 빠져
심어둔 오이밭은 잊었다
모내기 끝내고 오이밭에 가니
늙은 오이가 눈을 흘긴다
오이야, 미안해
농사는 때맞춰 씨 뿌리고
김매고 정성 쏟아 때맞춰
거두는 것을
어디 농사뿐이랴
모든 것은 때가 있으니...
오이 한 아름 안고 반성문 쓴다
누렁뎅이는 볶고
김치 담그며 때를 망각한
농부의 핑계를 감춘다

꽃의 속내

왜
몰랐을까

살면서 삼키는 눈물도
한 닢의 꽃이라는 것을

웃음 머금은 사람의 가슴에도
아픔을 품고 있다는 것을

화려한 꽃보다 향기 품은 꽃이
오래 기억된다는 것을

부대끼다 보면 하고픈 말도
삼켜야 할 순간이 있다는 것을

비우고 또 비워도
긴 세월 누워 계신 어머니 투정에
아린 가슴 어이할꼬

사랑도 삶도
지키지 못하면 이별이란 것을

퍼붓는 소낙비에 장미꽃이
송이째 툭 꺾인다

제목 : 꽃의 속내
시낭송 : 박영애
스마트폰으로 QR 코드를 스캔하면
시낭송을 감상할 수 있습니다

55

개망초 사랑

밤새 무슨 일 있었기에
이렇게 맑은 얼굴로 웃으며
인사를 하니

안개처럼 흩어진 네 향기에 취해
새벽 논둑길 밟을 수 없으니
어찌하면 좋겠니

어린 모 끝에 매달린 이슬처럼
순간에 사라질지라도
맑고 깨끗함 닮고 싶어라

가슴에 넘치는 아린 네 모습
사랑은 소유가 아니라
존재라는 것을 깨닫게 해 준 시간들

맘 귀퉁이에 피어 있는
꽃잎 하나가 이리 아파도
그냥 그렇게 살라 하네

제목 : 개망초 사랑
시낭송 : 박영애
스마트폰으로 QR 코드를 스캔하면
시낭송을 감상할 수 있습니다

56

농부의 넋두리

모내기 끝자락
쉼 없이 달려온 시간
누워 계신 어무이께 죄스럽고
제때 사료 못 준 소들에게 미안하고
제대로 챙겨 먹지 못한 자신을 꾸짖는다
검은 들판 생명을 숨 쉬게 했으니
농부의 마음만은 풍요롭다
밤꽃향기 가슴을 찌르고
개망초 웃음이 즐거운 새벽
어린 모들은 색깔을 변화시키며
걸음마를 시작한다
하루 열 끼 먹는 것도 아닌데
뭘 그리 허우적거리며 여유 없이 달렸는지
트랙터 멈추고 논 귀퉁이 산딸기
한 줌 따서 씹으며 반성문을 쓴다
쌀값은 폭락하고 소값도 내리막이니
속은 까맣게 타들어 가도
땅을 파고 사는 숙명이라 잡자루에 힘을 준다
생명을 키우는 농부의 삶이니
한순간도 포기할 없는 한 마리
곰이 된다

아름다운 사랑

새벽 4시
모내기 준비를 하는데
백구 2마리 앞서거니 뒤서거니
데이트를 즐긴다
수컷이 농수로 좁은 끝자락 타고 내달린다
따르던 암컷이 떨어지고 무논에 주저앉는다
앞서가던 수놈이 돌아와
지름길 포기하고 먼 길 돌아
다정스레 걷고 있다
귀신에 홀린 듯 한참 바라본다
인동초 향기에 놀라 정신을 차린다
자꾸만 웃음 나는 건 왜일까

오월의 찔레꽃

배내골 뒷등 밭둑을 하얗게
물들인 찔레꽃

삼베 적삼에 그린
집에 두고 온 아들 몫 젖이 흘러
오월 햇살에 말라 찔레꽃으로 피었다

배고픔에 떤 기다림의 보상
찔레순 한 움큼 건네며
슬픈 입맞춤으로 피었다

때 묻지 않은 열아홉 숫처녀
영혼으로 피어
엄니 젖 내음으로 물들인다

오월이면
찔레꽃 향기가 하얀 눈물 흘리며
보릿고개를 넘는다

제목 : 오월의 찔레꽃
시낭송 : 박영애
스마트폰으로 QR 코드를 스캔하면
시낭송을 감상할 수 있습니다

바람의 넋두리

봄비 쏟아진다
아랫배 힘주어 삽으로 논두렁
보수하며 가슴에 응어리 녹여
빗물로 위장한다

살아간다는 것은
지은 죄 반성하며 아픔을 견디는
일인지도 몰라

자신도 모르게 소용돌이치는
감정으로 상처 주고 아프게 한 순간들

정성을 쏟아도 기침 토하며
꼬랑꼬랑하는 송아지가 슬프고

낫으로 휘둘린 꽃송이
푸른 피 흘리며 아파하는 순간
용서라는 말이 사치스럽다

한 가닥 미련의 끈을 잡고
순간을 견디시는 어머니 삶이 안쓰럽다

모두가 내 탓이니
삽자루에 힘주어 사랑하는
순간은 진실이었다고

비닐처럼 구겨진 삶에도
나름 이유 있음이니
논두렁에 앉아
눈물을 빗물로 씻으며
태연한 척
아무 일 없다는 듯
또 하루를 견딘다

봄비 내리는 날에

쏟아지는 그리움
가슴을 뚫고 온몸 적십니다

휘몰아치는 바람에
그리움 실어 당신 가슴으로
보냅니다

아니,
온몸 비를 맞으며
당신 곁으로 달려가 쌓인 그리움
꺼내달라 떼쓰고 싶습니다

봄비 맞으며
써레질하시던 아부지
오늘따라 당신의 젖은 모습이
아파옵니다

천정만 바라보시는 어무이
가끔씩 당신을 찾습니다
아부지, 꿈에 한 번 오시지요
내리는 비에 눈물 숨깁니다

제목 : 봄비 내리는 날에
시낭송 : 박영애
스마트폰으로 QR 코드를 스캔하[여]
시낭송을 감상할 수 있습니다

4월아, 안녕

봄을 보내기 아쉬운지
하늘이 찔끔 눈물 보이네

꽃들의 잔치 끝나고
신록의 파도 가슴을 덮치네

천둥지기 물 가두는 농부 발길에
물오리 날고 억새 사이 알 10개
한 개만 훔쳤다

그리움 강물처럼 흐르고
하루하루 갉아먹는 어무이
삶이 아픈데

삶은 오리알 합죽합죽 드시며
웃으실 상상
삶이 아파도 순간의 미소는
그냥 꽃인걸

4월의 편지

연록이 가냘픈 손으로
온 산에 연서를 씁니다

나무는 저마다 꽃 피운
흔적 남기려 정사에 치를 떨고

불어오는 바람이 안고 온
꽃가루의 혼몽한 속삭임

잠겨버린 가슴은 늪이 되어
당신을 빠뜨려 허우적거리게 합니다

자꾸만 가슴이 아리합니다
나만 그런가요?

소박한 시골 행복

어제는 쑥국
오늘은 달래 된장국
내일은 돌나물 민들레 김치

철마다 내어주는
밥상 위 자연 향기
엉게며 두릅 산나물 고사리

무엇이 부러우랴
둥글레 버섯 차에 망중한
송이며 능이 향에 몸을 씻고

자연과 더불어
한 세상 즐거운 삶
부모님 모시고 채전밭 일구며
벼농사에 소들과 더불어
그렇게 한 세상 웃다 가야지

인생 뭐 있노

사는 게 그렇지
이리 사나 저리 사나 한평생
욕심 내봐야 하루 열 끼 먹나

외로움에 빗물처럼 울고
보고픔에 함박눈처럼 울고
때론 사는 게 아름다워 웃고
때론 사랑이 이뻐 웃고
인생은 반은 기쁨 반은 슬픔

외로워야 사람이고
그리워야 사랑이다
오랜 세월 누워만 계신 어무이도
가끔은 웃으며 노래한다

인생 뭐 있노
살아 보니 알겠더라
몸뚱이 고장 없음 최고의 삶
건강하면
사랑도 흐르고 슬픔도 흐르고
돈도 흐르고 가난도 흐르니
서 있는 자리에서
꽃처럼 피고 지고 피고 지고
한 세월 그렇게 사는 거지

인생 뭐 있노
욕심 심어 봐야 갈 땐 빈손
비우고 베풀며 그렇게 사는 거지
하루를 살아도 한평생 삶을 살고
평생을 살아도 하루 삶을 산다네

인생 뭐 있노
사흘이면 이름 석자 지워지고
눈 감으면 없으니
한 번은 꽃처럼 살아야지
꼭 한 번은 가슴 떨리게 살아야지

꽃마리꽃

둑방 발아래
보일 듯 말 듯 와글와글
웃고 있는 꽃마리

아무도 보아주는 이 없는데
무엇이 저리도 즐겁고 행복할까

단 한 번 장미처럼 사랑의 선물로
포장된 적 없어도
단 한 번 안개꽃처럼 수반에 앉아
본 적 없어도

내 삶이 아름다우니
내 삶이 즐겁고 행복하니
곁눈질할 틈 없고
부러워할 까닭 없었네

사랑도 삶도,
저렇게 소박해야 해
저렇게 가슴에 잠겨야 해
두 해 삶에도 초연한 꽃마리처럼

농심은 숨 막히는데

봄비가 내린다
트랙터로 천둥지기 물을 가두며
복잡한 속내로 우울하네

국내산 쌀에 수입쌀 합해지니
쌀은 남아돌고
식생활 변화로 빵 면류 육류 소비의
증가로 쌀 소비는 줄어들고
쌀값은 하락하니
고춧가루에 비벼진 가슴처럼 따갑다

농심을 이용해 이득을 보려는
야비한 정치권의 작태는 더욱더
농민을 슬프게 한다

커피 한 잔 보다 못한 쌀 한 됫박에
무슨 희망을 가지고 농사를 지을까
그래도 직불금이란 국가 보조금이 있긴 해도
비료 농약값은 고공행진 하니 거기서 거기

제발 정치적 논리로 농심을
짓밟지 말고 모두 머리를 맞대고
안정적 해결책을 모색할 순 없는가
무식한 농민이 무얼 알겠냐 마는
우리 국민 모두 따뜻한 밥 한 공기
정성을 담을 순 없을까

살처분

우람한 장정 네 명이 시커먼 얼굴에
모자랑 푹 뒤집어쓰고 밧줄로 주둥이를 묶고
귀로 걸어 두 사람 밀고 한 사람 당기고
그래도 버티면 몽둥이로 두드리고
꼬리 꺾어 차에 싣는다
"몇 마리고?"
"마흔세 마리입니다"
소차 뒷문이 열리고 육백칠십 킬로그램 소리치자
순둥이, 쌍둥이 새끼를 옆에 끼고
구덩이 쪽으로 끌려간다
"귀표 번호 10022467"
－확인
도수, 입술을 깨물며 납탄총을 순둥이 정수리에 쏜
다
집채 넘어가듯 쓰러진 어미소
퉁퉁 불어 있는 젖통
쌍둥이 송아지 젖꼭지 물고 빨아 댄다
－꿀꺽꿀꺽
또 다른 도수 뾰쪽한 망치로 송아지들을......

머물지 않는 향기

마당 한켠 라일락
스무 해 동안 집안 가득 향기로
새벽 목욕 즐긴 시간의 행복
눈 맞춤하며 보낸 삶의 순간

시름시름 앓던 나무 반은 죽고
반만 꽃피웠네
꽃이 아프면 흙이 병든 걸까
거름을 주어도 효과가 없네
관심 없는 사랑은 죽은 사랑

터진 가슴 몽실몽실 흔들며
가늘게 흩어지는 향기가 슬픈데
삐져나온 새순에 희망을 걸라 하네
피고 지고 피고 지는 자연

4월을 기다리게 했던 꽃의 미소도
기억 속에서 지우라 하네
우리네 삶도 한세상 흔적 없는
침묵으로 그렇게 잠드는 거야
너나 나나 잠시 머물다 가는 건데
아웅다웅할 게 뭐 있어

4월의 추억

그날은 비가 몹시도 내렸고
개나리 미친 듯 춤추는 계절
아버지 먼 산 보시며 큰아들
입대를 아파했던 순간

빡빡머리 소복한 열차 안에서
두려웠던 침묵
한밤중 도착한 논산 훈련소
유태인 가스실로 밀어 넣듯 대형
목욕탕에 10초간 물 뒤집어쓰고
교관 회초리 피하느라
한 짝 신발 잃어버리고

사흘 후 신발 장에 앉은
한 짝 신발을 끌어안고
얼마나 울었던지
다행히도 옷과 신발을 집으로
보낼 수 있었지

어머니 아버지, 황토에 비벼진
자식 옷가슴에 안고 얼마나
마음 아파했을까

해마다 사월이 오면
가슴에 묻어 둔 아픈 이별
군 입대 시절의 낯선 이야기가
왠지 아리게 다가온다

벚꽃이 짧은 열정을 불태우고
미련 없이 몸을 던진다
바람이 분다
뒹구는 꽃잎이 곱기도 하다
봄이 지면 가슴앓이도 지겠지

제비꽃아

하얀 옷 보라옷
예쁘게 차려입고 봄과 놀다가
짧은 봄 아쉬워 한숨짓네

한 번뿐인 인생
아쉬움으로 이어지면
무슨 의미가 있을까

아파하지 마라
삶은 때론 아픔을 씹으며
성숙해지는 것이다

보도블록 틈새 피었어도
벚꽃도 목련도 부러워 않는
당당한 네 모습

쪼그리고 앉아야만 보이는
진보라 고운 얼굴
겸손해야만 보이는 작지만
기쁨 고인 하얀 가슴

벚꽃의 삶

화사한 봄날
작천정 벚꽃 터널 속에
다물지 못하는 입으로
정사를 훔쳐보네

가식을 벗어 버린
전율의 몸짓으로 고백하는 사랑
저렇게,
한 순간 뜨겁게 불탄 적 있었던가

피어서 황홀한 삶
지면서 깨끗한 삶
하얗다 못해 시린 삶

때를 알고 피어나
때를 알고 사랑한 삶
때를 알고 지는 모습
눈물겹게 아름다운 삶

민들레 꽃씨

밟히고 밟혀
납작 엎드린 삶
겸손하다 못해
오기로 밀어 올린 꽃대

아름다운 이별이라고요
다시 돌아올 수 없는 허공의 길
자유롭게 오르는 요람

가슴 두드린 이별 연습
설움게 살아온 순간들
안으로 삼킨 그리움 되어
안녕이라 노래하네

어쩌다, 뒤집어쓴
꽃 피우지 못하는 홀씨 누명
벗어던지고
봄 하늘 수놓은 아름다운 엄마꽃

까닭 없는 눈물

신불산 언저리
연록으로 물들고
양념처럼 산벚꽃 어우러져
한 폭 수채화를 그리네

봄이 그냥 오는 건 아니지
겨울의 시린 아픔 삼키고
온몸으로 터트린 꽃송이
가슴으로 밀어 올린 이파리

봄나물 보따리에 삐져나온
송기며 참꽃 생강나무꽃
입술 파랗게 참꽃을 씹고
낫으로 벗겨낸 송기로 배 채우던
유년의 아련한 추억

배고픔으로 얼룩진 이야기
지워지지 않는 아슴한 연록
가슴에 잉태한 사연들이
자꾸만 시詩가 되어 떨어진다

조건 없는 사랑

가진 것 모두 주고 싶은
사람이 있다
이유도 없다
그냥 그렇게 마음 흘러가니까

살면서 주어도 아깝지 않은
사람을 만날 수 있다면
그건 분명 행운일 거야

무슨 말이 필요할까
참으로 소중한 사람
항상 네 생각으로 불룩하면
사랑일 거야

폭죽처럼 터지는 벚꽃을
모든 걸 주고 싶은 사람과
함께 바라볼 수 있다면
뭐가 더 필요할까

할미꽃

할미꽃은 외할머니 기다림으로 피었다

682 고지 빨치산 총부리에
등짐 지시고
빨갱이로 낙인찍혀 끌려가셨지
감옥 속 고문으로 돌아가신
외할아버지

오두메기 고개에서
다소곳이 허리 숙여
외할아버지 기다리시다
기다리고 기다리시다
할미꽃 되셨나

굽은 허리 지팡이로 의지하신
정갈한 모습
정구지 감자 넣은 수제비
맛깔나게도 잘 끓였었지

할미꽃 피는 오늘
수제비가 무척이나 먹고 싶다

봄아, 사랑해

봄을 담기엔 가슴이 작아
툭툭 터질 것 같네

살구꽃 환하게 웃으니
울렁증에 현기증까지

일하던 삽을 던지고는
괜스레 빙빙 돌며 히죽히죽

밭 귀퉁이 달래 한 줌 뽑아
묵은 된장 풀어 던지니
오장육부가 봄이네

봄 속에 취하고
봄을 씹고 봄에 안기니
뭐가 부러우랴

봄아, 너 사랑받을 자격 있어
아니 미어터질 만큼 충분해
봄아, 네가 있어 실실 웃는 거야

머위잎을 씹으며

봄은 그냥 오는 게 아니지
겨울 아픔 딛고 견딘 순간들이
밀어 올린 웃음이니까
환장할 봄은 아우성인데
입맛이 없네
머위잎 앞에 앉아
칼을 쑤셔 넣으니 움찔한다
살아 보겠노라
땅을 뚫은 여린 이파리
잠깐 손을 멈추고 아린 맘 전한다
필요한 만큼 뜯어 끓는 소금물에 던지니
짙은 푸르름으로 입술을 깨문다
네 삶을 통째로 씹어
쌉스레한 행복을 찾으니
네 삶 헛되지 않았다고 애써
합리화하는 가슴
머위잎아, 미안해

나만의 비밀

일주일,
밤낮으로 병실 쪽잠으로
당신의 손발이 되었습니다
양쪽 콩팥에서 흐르는 소변 줄이
감염된 탓에 항생제 투여합니다
하루 꼬빡 주무십니다
잠꼬대를 합니다
"때리 죽이라"
아마도 깊은 사연이 있었나 봅니다
"난 니가 좋다"
무슨 깊은 비밀이 있었나 봅니다
"저놈 잡아라"
말 못 할 아픔이 있었나 봅니다
소낙비 핑계로 오줌을 쌌을까
죽도록 사랑했던 사람이 있었을까
당신의 가슴에도 말 못 할 비밀이
숨겨져 있나 봅니다
우리는,
죽음의 순간까지 고백할 수 없는
비밀 하나씩 품고 살아가나 봅니다
그 비밀이
아름다운 이야기면 참 좋겠습니다

봄비

봄비, 땅을 애무하니
목련이 혀를 내밀고
동백은 붉은 입술로
사랑해요
사랑하고 싶어요

한 줌 바람 타고 당신 곁으로 갑니다
이미
몸도 마음도 촉촉이 젖었으니
어찌할까요
사랑해요
사랑해 주세요

그리움 한바탕 쏟아지니
산과 들이 봄바람났습니다
가슴속 묻어둔 꽃망울들
불길처럼 터져 나옵니다
사랑입니다

봄비,
자꾸만 사랑을 부추기니
가슴 터질 듯 흐르는 눈물
미친 사랑입니다
모두가
당신 때문입니다

잃어버린 맛

어무이는,
맛을 가슴으로 보신다

비위관으로 영양식 드시니
가끔씩
"큰 아야, 맛난 거 좀 두가"
딸기도 고기도 된장국도 쑥국도
모두가 퇴짜
맛을 잃은 탓일까

"맛난 거 없나"
믹스 커피 숟갈로 드리니
입맛 다시며
"아따, 맛있다" 하신다

평생 땅 파며 늙으신 어무이
반찬 넣기 전에 밥 삼키며
살아온 순간들
간장만으로도 충분했던 삶

오감마저 상실해 가는 현실
무슨 즐거움 있을까
"어무이,
작천정 벚꽃놀이 갈까요"
고개만 끄덕끄덕

흔들리는 눈동자
5촉짜리 전구 같은 미소
젊은 날 화전에 나비춤이라도
추고 계시나 보다

아부지의 깊은 사랑

언양 장날
배내골 겨울밤은 깊은데
첫닭 울자 어머니 곱게
머리 빗고 새벽밥 지으셨다

단칸방 이불속 동생과 난
똥구멍으로 숨을 쉬며
아버지 밥숟갈 놓기를 기다렸다

밥을 다 드실 즈음
몇 숟갈 남기시고 상을 밀치자
어무이, "먼 길 가야 히니 다 잡소"
하시며 물을 부으신다

이불속 동생은 울먹이며
"힝이야, 밥에 물 말았다"
야속한 울음으로 덜썩이고
나도 따라 울고...

동백꽃 가슴

기다림에 쌓인 동백
아픔, 입술로 깨물어도

켜켜이 쌓인 그리움은
부풀 대로 부풀어 터지고

초야 치른 새색시처럼
흐느끼는 어깨로 전해지는
야릇한 감정들

한 송이
또 한 송이
사랑을 위한 농염한 투신

툭
툭
송이째 드러누워
야릇한 나른함으로 빠져든다

행복하고 싶다면

20년. 머리 팔다리 장기
부러지고 종양 생기고 곪고
육신과 마음 함께 견딘
엄마 웃음은 얼마나 될까

B병원 응급실
구급차가 쏟아놓은 아픔들
B병원 장례식장
영구차가 삼키는 주검들
생生과 사死의 거리는 얼마나 될까

아파본 사람은 안다
건강이 얼마나 소중한 것인지
손톱 밑 가시는 아파하면서
스트레스로 조금씩 시들어 가는
자신을 알지 못한다

아름다운 음악을 들을 수 있고
아름다운 꽃을 볼 수 있고
맛난 음식을 느낄 수 있고
사지 멀쩡함이 행복임을
인지하지 않는 착각 속의 삶

아픔은 혼자만의 아픔이 아닌
주위 사람들까지 아프게 한다
한 몸 소중히 잘 지켜 가는 것이
모두의 행복임을

우리
마음 조금 내려놓고
좋은 생각으로 사랑하여 살자
잠깐 스쳐 가는 인생
미워하며 스트레스 안고 살지 말자

작은 병이든 큰 병이든
완치되는 순간까지는
행복을 갉아먹는 아픔
슬픔도 아픔도 받아들이자

돈도 명예도 죽음 앞엔 먼지
좀 더 내려놓고 좀 더 비우며
작은 것 소중히 여기며
베풀고 사랑하며 예쁘게 살자

행복의 시작은 건강
몸도 마음도 건강해야지
논 3마지기 가진 사람도
논 100마지기 가진 사람도
갈 땐 빈손인 것을

가슴에 흐르는 봄

세상은 봄으로 가득한데
당신 가슴은 겨울입니다

긴 세월
입퇴원 반복하며 연결되는
인연의 끈이 삶으로 이어지고

사랑 사랑만이 아픔 이겨내고
봄으로 꽃 피우는 것을

축 늘어진 모습이 안쓰러워
얼굴 갖다 대고
"어무이, 얼굴 만져 줘"
무거운 손으로 뺨을 때립니다
"아야" 아픈 척
얼굴에 미소가 번집니다
마주 보고 웃습니다

예고 없는 바람에
꽃잎 휘날릴지라도
지금 이 순간만은
당신은 한 송이 꽃입니다

제목 : 가슴에 흐르는 봄
시낭송 : 박영애
스마트폰으로 QR 코드를 스캔하
시낭송을 감상할 수 있습니다

90

아름다운 생명

지난가을
버려진 화분에 말라가는
국화가 불쌍해서 화단에
심었습니다

혹독한 겨울
한 치 앞이 보이지 않는
사랑이 애처로워
왕겨를 덮었습니다

사랑받기 위한 용기로
견딘 순간들
봄바람 타고 새순 소복소복
웃고 있습니다

쪼그리고 앉아
눈을 맞추니
왈칵 눈물이 납니다

삼월이 오면

삼월아 부르니
온 산 온 들 수줍은 입술로
대답을 합니다

재잘재잘
왁자지껄
재비새끼 같은 입을 벌리고
가시내들을 유혹합니다

양지쪽에 쪼그리고
쑥 달래 옷을 벗기며
매화 피는 소리에
궁뎅이 들썩입니다

삼월이 오니
가슴 알싸한 촉촉함에
괜스레, 울컥
그리움 하나 피어납니다

호미로 흙에다 편지를 씁니다
보고 싶다고
사랑하고 싶다고
봄도 따라 온 들에 푸른 시詩를 씁니다

송아지야, 미안해

4개월 된 송아지
밤새 가두리 넘어 사료 포대
똥오줌에 비벼 놓고 난장판 만들었다

한 대 후려치니 어미 소 뒤꽁무니
머리 박고 모른 척하고 있는 꼴에
피식 웃음이 나네

잘 먹고 잘 자라
목숨 건 사랑으로 자식 공부도
엄니 병원비도 내 삶도 모두
네 희생임을 잠시 잊었구나

가만히 앉아 있으니
코를 벌름거리며 얼굴을 비벼 온다
꼭 껴안아 준다
(미안해, 소중한 네 삶 무시했으니)

짐승이라 무시 말라
사악한 인간의 삶을 지나
세상에서 가장 순수한 마음으로
살아갈 뿐인 것을!

봄을 삼킨 행복

양지쪽
냉이 달래
쬠쬠 거립니다

눈 질끈 감고
몇 뿌리 캐어 곱게 다듬으며
미안한 맘 보냅니다

뚝배기 된장 풀어
달래 한 줌 던지니
엄마 냄새가 납니다

냉이 데쳐
한 접시 조물조물
엄마 젖내음이 납니다

엄마 끓여 주시던
흙 내음 알싸한 달래 뿌리
입안에 터지니
자꾸 웃음이 납니다

가난한 밥상 위
냉이 뿌리에 웃고
달래 뿌리에 웃고
가슴에 냉이꽃 피었습니다
가슴에 달래꽃 피었습니다

상사화 이파리

예견된 운명이
한 움큼
싹트고 있다

봄바람마저
상처 되어
곪아 터진 선혈

그까짓 사랑
사랑이 뭐라고
그리도
설웁게 울고 있니

고왔던 순간
가슴에 심어 두고
아닌 척 웃어야지

사랑도 어렵고
이별도 어려운 거야
피 울음 울어야 벙그는 거니까

봄아 반갑다

봄이 일어난다
얼음 구멍 물고기 배시시 웃고
물오른 매화가 터진다

양지쪽 쑥 뜯는 아낙네
달래 찍는 할머니 가슴에도
기쁨으로 가득한 날
몽니 부리던 겨울도 고집을
꺾고 자리를 내어 주네
땅에 쓰인 봄을 희망이라
읽으며 웃는다

논바닥에 쟁기로 쓴 시詩
개구리 낭송을 한다
겨울 먼지 툭툭 털어내고
온 세상 일어선다

언 가슴에 꽃씨 뿌린다
톡톡 싹이 웃는다
세상 슬픔 짊어진 양 비틀거리지 말자
어차피 피어난 내 인생 즐거워야지

봄볕에 몸을 씻으니
막혔던 혈관이 터진다
여기도 불끈 저기도 불끈
온 세상 일어선다
온 세상 곱게도 미쳐간다

시골 풍경

겨울잠 깨어난 곰처럼
할머니들 유모차에 의지해서
골목길을 어슬렁어슬렁

시골 마을은 팔십 넘은
어르신만 소복소복
젊음을 농사일에 빼앗긴
꼬부랑 할머니들

평생을 흙과 함께 살아온 시간
뭐 그리도 미련이 남아있는지
유모차에 호미를 싣고
구불텅 마늘밭으로 향하시네

아기 울음소리는 옛날이야기
할머니 한숨 소리만 피어나니
시골 마을은 거대한 노인 병동

들리는 자식 발자국 소리도 멀어져 가고
기다림에 젖은 에미 가슴은
봄이 와도 봄이 아니네

삶은 꽃이다

봄이 핀다
보이지 않는 땅의 울림
생명들은 누구도 대신할 수 없는
나만의 길을 걷는다

비틀거리기도 웃기도 하면서
뒤돌아보지도 않고
오지 않는 내일을 가불하지도 않고
현실에 몸을 던진다

사랑하고 이별하고
웃기도 울기도 하면서
여름 지고 가을 익으면
길을 멈춘다

세월은 지고
길 끝에 서서 모든 걸 내려놓고
선 자리에서 꽃답게 살았다고
웃으며 흔적을 지운다

또, 한 생명이 잉태하고
피고 지고... 그렇게

제목 : 삶은 꽃이다
시낭송 : 박영애
스마트폰으로 QR 코드를 스캔하
시낭송을 감상할 수 있습니다

98

사람과 사람 사이

할아버지 수염을 당기고
웃는 손자
남편이 숟갈을 놓으며 물
친구와 친구사이 야, 자

붙어 다닌다고 붙는 게 아니고
떨어져 있다고 떨어져 있는 게 아니다
꽃 피운 향기 닿을 만큼의 간격은
얼마나 아름다운가
맞닿은 꽃은 바람에 짓이겨진다

뒤엉킨 감나무 가지를 자른다
혼수상태에 빠진 꿈이 웃는다
너와 나 사이에 사랑에 비례하는
간격은 서로를 관통하니까

초야의 흔적

홍매화 앞에서 입을 벌리고 있다
벌거벗은 몸으로 겨울을 견디고
이파리 하나 걸치지 않고 밀어낸
붉음이니

동안거 끝낸 독경 소리 마냥
향기 울리니 세속에 찌든 마음 씻는다

바람에 들켜버린 첫날밤 타오른
붉은 흔적이 파르르 떨어진다

어디서 왔는지
어디로 가고 있는지
깨닫지 못한 찰나의 사랑

불길에 뼈와 살을 태워버리고
재가 된 무소유가 남긴 인연
좁쌀만 한 매실 옹알이한다

겨울과 봄 사이

매화나무에 걸린 사랑이 흩어진다
누군가 흔들고 있는 거야
꼭 열매를 맺는 건 아니지만
속삭이는 거짓으로 살기엔
사금파리가 너무 아프다
강물을 거슬러 마지막 섹스에
치를 떠는 연어의 사랑은 싫다
사랑의 반대말은 뭘까
이별 아님 증오 그도 아님 무관심 아니다
사랑의 반대말은 없다
나를 버리고 너를 채운다
봄이 걸어온다
봄볕이 가슴을 뚫고 심장을 녹인다
생기가 돌고 잎이 나고
가슴에 잉태된 씨앗이 눈물샘을
타고 사랑이라고 쓴다
눈부신 슬픔을 지나
눈부신 사랑이 핀다
혼수상태에 빠진 사랑이 정신을
차리고 매화나무 가지에 걸려있다

방관자의 비밀

죽음이 앞에 있는 줄 모르는
참새 한 마리
볏짚 헤집고 낟알을 찾는다

저린 발 눌러 참고 시체 놀이
하는 길고양이
참새 머리를 낚아챈다

깃털은 폭죽처럼 흩어지고
외마디 통증도 없이
한 생生이 뱃속에 잠든다

조잘조잘
기다림에 슬픔을 걸어둔
둥지 속 새끼들의 침묵

앞발로 핏자국을 지우며
시치미를 떼는 포식자
목격자는 고자질할 곳 없어
가슴에 무덤을 만든다

꽃밭이 하는 말

봄바람 불면
산과 들 새싹을 밀어 올린다
세상이 파랗다
온기 더할수록 발화점을 향해
달려간다
까만 꽃은 없다
가시광선을 독차지할 수 없기 때문
흑장미는 환상일 뿐이다
노랑 빨강 하양 파랑꽃 어울려
꽃밭이 된다
누구 하나 빨강이 파랑이 되라고
강요하지 않는다
욕하지도 않는다
다투지도 않는다
탐하지도 않는다
자기만의 고운 색깔로 피어
조화롭게 서로를 존중하는
숭고한 꽃밭이 된다
그렇게,
어울려 사는 것이다
바람에 실려 온 강아지 풀꽃도
살랑살랑 꼬리 흔들며 놀고 있다

봄이 하는 말

"도대체 일을 왜 이따위로 하니?"
왜라는 칼로 가슴을 찔러오면
"왜 나만 보고 그래"
방패로 막아선다
"어쭈 놀고 있네"
경멸의 바늘로 찔러 오면
"신물 나고 지겹다"
쌈지로 대응한다

무시당한 말속엔
슬픔과 분노가 가득하고
비난하면 방어하고
경멸하면 담을 쌓는다

왜?
상대의 가슴을 후벼 팔까
상대를 굴복시켜야만 할까
남는 건 상처뿐인 이별

우리,

장미가 건네는 향기처럼

"함께라서 행복하다"라고

웃어 줄 순 없을까

봄날처럼 아지랑 아지랑 한 말

물에 깎인 모오리돌처럼

동글동글 한 말

사랑한단 말

고맙단 말

미안한단 말

이쁘단 말

멋있단 말

말 말 말 말꽃이 핀다

겨울아 안녕

앞마당 화단에
봄의 주인공처럼
부지깽이나물이 웃으며 앉아있다

자유로운 몸일 때
심으신 당신의 배려가 봄을 몰고
왔다고 사진을 찍어 보이니
가보자고 용쓰신다

한 몸 건강하면 행복인 것을
무엇을 잡으려 아둥바둥했을까
가는 시간 잡을 수 없고
가슴에 얽힌 생각은 고물처럼 쌓여간다

당신 아픔을 사냥하는 시간들
구름 한 점 모였다 흩어짐이 인생인 것을

비슷비슷한 순간의 반복 속에
봄볕에 두들겨 맞은 부지깽이나물을 보며
한참을 웃는다

봄이 겨울을 밀어내고 있다

봄비

겨울을 이별한
구름이 울고 있다

텃밭에 떨어진 눈물
잠든 흙을 깨우고

서너 줄 호미로 그은 고랑에
뿌려진 상추 씨앗 봄봄봄

봄비 노래가 되고 사랑이 되고
가슴에 그리움 하나 심는다

어머니 그림자

당신과 난 어떤 인연일까요

꽃잎 갉아먹고 탯줄 자른
육 남매는 분리된 한 몸 탓인지
당신 이름 부르며 장독대 봉숭아
붉은 향기에 젖고

가난으로 얼룩진 시간
젖무덤에 얼굴 묻고 꼬록거리는
빈 창자 마찰 소리의 태교

호롱불 가물거리는 겨울밤
구멍 난 양말 골무로 감추며
떨린 목소리로 사친가 읊으시던
유년의 당신 그림자

폭우 쏟아지는 밤
쓰러진 벼 일으키는 당신을
야반도주로 점찍은
두려운 악몽의 죄책감

제비 새끼처럼 둘레판 양푼 밥에
금 긋고 굴 파고 들어갔던 식탐이
당신을 솥바닥 긁게 했다는 것을
한참 뒤에야 깨달았습니다

그 마음 돌려드리고 싶은데
남은 삶 손끝에 걸려 펄럭이니
잡힐 듯 잡힐 듯 잡지 못해
그냥, 잡는 척 흉내만 냅니다

버들강아지

개울물 옹알옹알
버드나무 깨우니
버들강아지 바람 안아
살랑살랑 흔드는 꼬리

온 동네 강아지 떼
연지곤지 찍어 발라
망망 멍멍 노래하네

포동포동 보송보송
복슬강아지
닐리리 삘릴리 풀피리 소리
어깨춤 노래하며 봄을 맞는 너

첫사랑 만나듯 부푼 가슴
꿈이 싹트고 생기 솟구치는
너처럼 살고파라
먹구름 핀 아다부리 한 날에.

씨눈의 눈물

눈물을 떡국에 넣는다

볶아진 참깨
압착기에 눌러지면
주르륵 흘리는 눈물
고소한 탄성 흐른다

참깨뿐이랴
들깨 유체 옥수수 콩들이
흘린 눈물에 나물 묻히고
끓는 눈물에 감자 눈 튀겨
감탄하며 먹는다

어금니 깨물며 몸부림쳤을
씨눈의 눈물
삶의 희비 속에 흐르는 나의
눈물과 어떻게 다를까

달아오른 프라이팬 위에
참깨가 폴짝폴짝 튀고 있다

굽은 굴참나무

나무야
몇 살이니
아마도 아버지부터니까
150살은 되겠지
안골논 귀퉁이 굽은 굴참나무는
말없이 웃고만 있다

겨울잠 깬 나무는 붉은 심장을
펄떡이며 봄의 피를 밀어 올린다

벌거벗은 몸으로 눈보라 찬이슬
받아낸 성찰의 시간으로 더욱
딴딴해진 네 모습

잘났다는 친구들은 모두 잘려가고
못생긴 등 굽은 허리로 산을 지키고
새들을 품고 그늘을 만들어 주는
네가 참 좋다

삶의 무게로 굽어진 등짝을
사랑하며 남 부러워하지 않고
당당한 삶을 외치는 네가 참 좋다

높은 자리 탐하지 않고 낮은 곳
바라보며 어릴 적 무등 태워주며
친구가 되어준 네가 참 좋다

20년 넘게 너를 떠나 다시 돌아
왔을 때도 항상 그 자리 그 모습으로
품어준 네가 참 좋다

논 갈고 모내기하며 잡초 뽑을 때도
지켜보며 웃어주고 땀을 식혀주는 너를
어찌 사랑하지 않을 수 있겠니

봄을 밀어 올리는 심장의 소리에
내 심장을 맞대고
낮은 곳 살피느라 굽어진 네 등을
쓰다듬는다

같은 새싹 다른 꿈

금낭화 땅을 비집고
자색 손가락 쬠쬠 거릴 때

아들은 조롱조롱 줄지은
꽃주머니 꿈꾸며 웃고

엄마는 싹을 잘라 조물조물
나물로 먹을 생각에 입맛을 다시고

커가는 싹을 따라
보이지 않는 양날의 칼은
서로의 목표를 겨누고 있다

어느 날,
먹기 좋은 싹을 데쳐
초장에 묻혀 뱃속에 숨겼고

진실을 알고 난 아들
엄마가 이렇게 미운 적은 없다고
눈만 껌뻑껌뻑하고 있다

시래기

압력솥에 갇힌 시래기
핑핑 눈물을 뿌린다

처녀 장딴지만 한 무를 길러냈던 줄기
무서리에 찍소리 못하고 처마 끝에 매달려
풍장으로 환생

된장 국물이
땡고추 알싸한 눈물이 파고들어
허물 허물 또 다른 환생

밥 한술 던져진 뚝배기 속에서
국밥이란 이름으로
마지막 환생

넌,
평생을 주고도
더 주고 싶은 어무이 가슴 관통한
등골이다

홍매화

2월 바람
간지럼 간지럼

부끄럼 켜켜이
농익은 젖무덤

동여맨 옷고름
빨갛게 톡토독

농부의 가슴

슬픔처럼 쌓인 소똥을
깔고 누운 누렁이
뒷다리 아랫배에 달린 똥딱지

젖 빠는 송아지 머리에
눈물처럼 번지는 똥
똥을 치우며 읽는 반성문

송아지는 고마운지
슬금슬금 머리를 박고
아양 떨며 가슴으로 안긴다

삶의 버팀목인 소
소값은 반토막 나고
사료값은 치솟아 팍팍한 순간
고깃값은 요지부동

생명을 키우는 농부
삶의 수단보다 가슴으로
밀어 올린 삶이기에
포기할 수 없는 순간들

톱밥 깔린 뽀송한 침대에
옹기종기 모여 앉은 소들의
눈망울에 시름을 지운다

사람이나 개나

8년의 세월
사료 주고 물 챙기며
밭에 갈 때 함께하며
꼬리 흔들었는데

앞집 할머니에게
남은 고깃덩어리 가끔 얻어먹더니
꼬리 치는 방향이 달라지네

자기가 무슨 200만 원짜리
술상이라도 받은 양
머리 쳐들고 거들먹거리며
주인을 우습게 본다

꼴에 진돗개 후손이라고
먼 산 보며 고고한 척
먹이에 따라 주인을 바꿀
심산인지 날 외면하네

앞집 할머니 딸네 집 가시고
이틀을 버팅기다
남은 사료 다 먹고 밥그릇
구멍 나도록 핥고 있다
(너는 똥개다)

그리운 풍경

모두,
폰의 노예다

꽉 찬 버스
볼펜 입에 물고 책 보는 사람
책장 넘기다 창밖을 보며
생각에 잠긴 아름다운 모습
이젠
책 대신 폰이 들려있네

달리는 지하철
손짓 발짓으로 얘기하던
책장 넘기거나 신문 보던
손에 폰이 들려있네

식당에서도 찻집에서도
길 위에서도 교실에서도
대화는 사라지고 중독된 듯
폰에 빠져 있네

점점,
눈빛은 광기로 변하고
가슴은 사막으로 변하니
이젠
알람 끄고 시라도 한 편 읽는
폰의 지배자가 그립다

어떤 동행

밥은 내가 했는데

"쿠쿠가 맛있는 밥을
완성했습니다"

끝까지 우기며

"밥을 잘 저어 주세요"

명령까지 한다

꺾을 수 없는 고집
싸워도 달라질 게 없으니
품고 살 수밖에

접시 속의 봄

고구마 머리를 잘랐다
툭
찌꺼기 통에서 눈 흘긴다

알 수 없는 짠함
애국가 후렴구같이 반복되는
일상에서 솟구치는 빛

맑고 깨끗한 눈
아가 눈망울처럼 아프게
퉁
퉁
부어오른 간절함

접시 물에 올렸더니
푸른 눈망울이
톡
톡
기침을 한다

어무이, 와 그라노

새벽 4시
이틀째 안 주무시고 반복되는
녹화 방송

배내골에 얽힌 삶
점터 논 모내기흉내
뒷등 밭 콩골타는 소리
682 고지 6.25 빨갱이 흉내
땅꼴 너머 사자평 나물 뜯고
오 두 메기 넘어 언양장
파노라마처럼 흐른다

지켜보다
까무룩 잠들었다

희미한 어무이 목소리
"영감아, 참다"
소변줄 낚시하듯 감아올려
배 위에 흔들어 쏟아진 오줌
용쓰다 삐져나온 똥
옷 이불 시트 비벼 놓은 당신

`
`
`
(어무이, 와 이라노)

충혈된 동공 속에서
굴러 나오는 미안함
벗기고 닦이고 입히고
가슴 토닥이니
언제 그랬냐는 듯
코 고는 소리로 답하시네

해를 문 하늘이 붉고
끊었던 담배 연기를 뿜는다
사는 게 그런 거지
그렇게 피고 지는 거지
새벽달이 눈을 깜빡인다

거울을 보다가

어린 시절
눈깔사탕 한 개 훔쳐
논두렁 아래 숨어
단맛에 취해 행복했던 순간

달콤한 가슴이
점빵 할매 힘든 삶이었다는 것을
깨닫기까지는 그리 긴 시간이 아니었다

순간의 유혹에 빠진
나의 욕심이
남을 아프게 하고 그 아픔
바늘이 되어 찔러 온다는 채찍으로
여기까지 걸었는데

언제부턴가 난
거울을 깨어 버리고
금 간 거울을 믿으며 최소한의
반성도 없는 뻔질함으로 삶을
합리화하진 않았을까

나의 이익이 남의 손해가 되고
나의 기쁨이 남의 눈물이 되고
나의 사랑이 남의 아픔이 되고
나의 뻗대가 남의 상처가 됨을

한 숨 못 되는 삶
끝자락은 빈손인데
살생을 금하는 스님 발아래
죽은 개미의 아픔은 없을까

먼지 가득한 거울을 닦는다
흰머리 주름진 못난 얼굴이
웃고 있다

콩나물 같은 사람

물은 빠져도 자라는 콩나물
까만 콩 파란 콩 노란 콩
암흑 동이 속 침묵의 기다림
어무이, 한밤중 몇 바가지 물을 퍼붓는다

단칸방 콩나물처럼 잠자던
식구들은 물 빠지는 소리에 깨어
차례로 요강을 울리고

콩나물밥 콩나물국 콩나물무침
가난의 밥상이 반복되어도
굶주린 자식들의 즐거운 음표

술에 절은 아부지
김치 넣은 콩나물국으로 속을
씻어 내시곤 말없이 지게 지고
뒷산을 오르시네

콩나물이 얄미운 건
아프면 아프다고
힘들면 힘들다고
편하게 노래하며 밥상에서
질리지 않는 애교를 부린다는 것

어쩜,
인생은 서로가 있는 그대로
보여주고 편히 기댈 수 있는
한 사람을 만나기 위한 여정이 아닐까

시골 할매의 하루

제목 : 시골 할매의 하루
시낭송 : 박영애
스마트폰으로 QR 코드를 스캔하면
시낭송을 감상할 수 있습니다

한 뼘 겨울 해
신불산으로 빠져들고
마늘밭 풀 뽑는 등 굽은 할매
유모차에 호미를 태운다

바퀴 움직이니
얼어버린 뼈마디가 뿌지직
제 자리 찾는 소리가
슬픈 음악처럼 밭고랑에 깔리고

기우뚱거리다 넘어진 유모차
실수로 뽑힌 풋마늘은 억울한
머리를 흔들며
할매 얼굴을 걱정스런 눈빛으로
바라보는데

인적 없는 시골길
죽을힘을 다해 밀고 밀어
한참 만에야 바로 선 유모차
주름진 얼굴에로 흐르는 땀

골목길로 멀어지는 할매 뒷모습에
잃어버린 입맛 돋울
풋마늘 향긋한 저녁상 미소가 피어오른다

작은 미소

봄까치꽃
논두렁 아래 어깨 맞대 겨울을 녹이고
담장에 홀로 핀 장미
안으로 안으로 도도함 담금질 하네

척박한 계절
순리 거역하지 않는 생명들의 쉼 없는 몸부림
굽이굽이 흐르는 강물처럼
여유로운 낮아짐으로 살아야지
금 간 사기그릇이 되지 않기 위해
내 삶 소중히 안아야지

긴 세월,
천정만 바라보고 사시는 어무이
귀에다 속삭였다
"-어무이가 세상에서 젤 좋다"
"-나도"
눈이 마주친다
그렇게,
한참을 마주보며 웃는다

대왕암 일출

바다에 잠든 해가
발길질하며 세상을 꾸짖네
숱한 거짓으로 참을 집어삼키는
사람들아,
믿고 싶은 것만 믿는 확증편향
객관적 근거 앞에서도 굴복하지
않는 뻔뻔함
상식을 묻어 버린 떼창은 말자
서로 통한다는 말은 서로를
인정한다는 것
풀 한 포기 꽃 피우는 솔직함으로
가슴에 숨어 있는 지상에서 가장
아름다운 이름 엄마를 부르듯
그런,
순수함으로 서로의 이름을 부르자
갓난 아가 젖 물고 해맑게 웃는
눈망울로 서로를 바라보자
심장의 피는 나처럼 붉을 테니까

가슴에 피는 꽃

사랑은 서로의 가슴에
내 삶을 써내려 가면서 필요한 존재가 되어 가는 것

서로 사랑하며
서로에게 사랑이 되어
웃음으로 이어지는 황홀한 삶

가끔은,
하고픈 언행도 꿀꺽 삼켜야
하는 까닭은 서로에게 생채기를
남기고 싶지 않아서다

어차피 살아야 할 시간이니
미움보다는 그리움으로 피어나는
고움으로 채워야지

사랑 속에도
미움 속에도
눈물과 웃음 속에도
두 손 꼭 잡고 하나 되는 이야기

내 가슴 비우고 비운 백지 위에
네 가슴 붉은 사랑 채우고 채우는
포실한 심장에 사랑을 쓴다

제목 : 가슴에 피는 꽃
시낭송 : 박영애
스마트폰으로 QR 코드를
시낭송을 감상할 수 있습니

130

슬픈 자화상

개망초가 울고 있다
겨울의 꼬임에 빠져
정체성마저 잃어버린 삶이니 누굴 탓할까
어떤 모습으로 있어도
편견 없이 서로를 바라보는
마음마저 얼어버린 지금
나만 옳다고 소리치며
양보 없는 길을 걷는 허우적거림이 슬프다
풍요로운 감옥 같은 현실에서
구속감마저 느끼지 못하는 우리는
어디로 가고 있을까!

아름다운 순간들

샤워 끝낸 들판은
뽀송한 몸으로 사랑에 빠지고

삶을 불태운 산들은
나른한 단잠에 젖어 있는데

목마름으로 움츠렸던
보리는 눈을 뜨고 겨울 뚫을
준비를 하네

계절마다 함께 바라보는
순간들은 행복함으로 스미고

가을걷이 핑계로 천정만 바라보는
당신의 삶을 잠깐 잊었던 순간이
미안하고 또 미안해서 휠체어에
바람을 넣는다

시월의 연서

햇살 한 줌 움켜쥐고
마지막 속살 채워가는
일렁이는 들판

꿈의 완성인 계절에
그리워했던 사람과
두 손 꼭 잡은 눈 맞춤

힘들었던 시간들은
갈바람에 흩날리고
심장 박동질로 익어가는 사랑

펑펑 울고 싶은 마음
시월 어깨에 걸어두고
순간을 이겨낸 그 마음
살아갈 이유 있음이니

자연의 반항

밤새,
힌남노 비바람으로
행패 부려 놓고 새파란 시치미
떼고 있는데

포항 아파트 지하주차장 사연에
텔레비전이 눈물 흘리고
밤새 물 퍼서 키웠던 벼들은
뻘속에서 눈만 껌뻑이고

인간의 이기로 시작된
자연의 저항이 세상 뒤집어
놓았으니 하늘을 원망할까

종이컵 어머니는 아프리카
열대우림의 그루터기로 남아
지난 시간 그리워하고

가을 기쁨이 자연 분노에 묻혀
마지막 숨 헐떡이면서도
삶의 끈 놓지 않네

홀로 피지 않는 꽃

장대비 양철지붕 밟는 소리에
놀란 송아지 세 마리
난생처음 굉음에 목을 감으며
서로를 감싸네

사람아,
본능적 사랑 튀어나와
녹슨 가슴 지워 내고
불구덩이같이 뜨거운 사랑 본 적 있느냐

동그란 눈 껌뻑이며 서로를
사랑하는 일은 가슴에 꽃을 심는
일이라고
혼자라 몸부림치는 것은 혼자 있고
싶지 않은 것이라고

송아지 세 마리 목을 비비며
한 송이 꽃이 되어 서로의 눈빛에
들어앉아 장대비 소리를 피하고 있다

마음의 향기는

구겨진 비닐처럼 가슴이
펄럭이는 아침
바위에 눌린 듯 답답하네
파란 하늘 한 줌 가져와 즐거움
불어넣어도 와장창 먹장구름이다
때론 풀꽃 향기에 무너지고
때론 비바람에 버팅기고
때론 살랑바람에 눕는 풀잎처럼
때론 우리 탈출한 송아지 마냥
하루 수천 번 왔다 갔다 하는 가슴
첫날밤 사랑처럼 조심조심
알겠지!
그래야 꽃 피는 거야

비 오는 날이면

비가
동그라미 그리는 날이면
파전에 막걸리가 그립다

백옥 같은 향기는
목구멍을 환장하게 만들고
걸쭉하게 온몸을 휘감는 아리함

마룻바닥엔 양푼 잔 하나
주거니 받거니 그리움 마시네

이렇게,
비가 마당에 님 얼굴 그리는 날이면
막걸리 핑계로 보고픈 당신
가슴 삼키고 싶으니

오는 비야
한 열흘 내려라

치매라는 지우개

깊은 동굴 속
말라가는 꽃대공 화려했던
젊음을 잘라먹고 옹알이하네

지남력은 안갯속에 묻혀
소멸된 찌꺼기로 누른 벽화를
그리며 짓는 섬뜩한 미소

화려한 순간이
벌 나비 사랑이 바람의 속삭임이
등짝의 때가 되어 떨어지고

시간 앞엔 영원할 수 없는 삶
앙상한 대공 바람에 서걱이며
마지막 흔적을 지우고 있다

제목 : 치매라는 지우개
시낭송 : 박영애
스마트폰으로 QR 코드를 스캔하
시낭송을 감상할 수 있습니다

한때는 그랬지

"큰 아야, 똥 나온다 어서 오나라"

한땐, 연분홍 부끄럼으로
뭇 사내 가슴 흔들었겠지
뽀얀 엉덩이 속살에 반해
목매달았을 아버지 그림자가 어른거린다

물동이 이고 걸어가는 뒤태에
사내 가슴 도리질했을 요염한 흔적은
바람 빠진 풍선처럼 주름진 앙상함으로 남았네

총명했던 기억력은 꿈속으로 파고들어
아들을 신랑으로 만드는
혼돈의 시간 속으로 빠져든다

몸도 마음도 부끄럼 삼켜버린 지금
혼자선 아무것도 할 수 없기에
말없이 기저귀를 갈아 채운다

태어나 죽음으로 가는 길 앞엔 누구나 평등하기에
나도 어무이 길을 따라가겠지

주름진 어무이 궁뎅이 속에서
한땐, 아버지 안으며 피어났던
연분홍 부끄럼이 흐른다

제목 : 한때는 그랬지
시낭송 : 박영애
스마트폰으로 QR 코드를 스캔하면
시낭송을 감상할 수 있습니다

간절한 기도

평생 흙 속에 몸 비비며
살아오신 당신
자식 위해 던진 삶은
상처 난 꽃잎으로 남았을 뿐

꽃 피우고
홀로 씨앗 키우시고
갈바람에 남겨진 빈집

끈질긴 강인함으로
생사의 고비 넘고 넘어
자식 가슴엔 영생의 꽃

이제,
마지막 고비를 넘기려
사투를 벌이고 계신 당신
할 수만 있다면
내 인생 뺄셈하고 싶습니다
어머니, 힘내소서

여든아홉 꽃핀 삶
단, 삼일로 잊힌다면
코로나로 생이별 된 현실이
너무 아플 것 같습니다

제목 : 간절한 기도
시낭송 : 박영애
스마트폰으로 QR 코드를 스캔하
시낭송을 감상할 수 있습니다

삶은 아름답다

봄까치꽃
숨결에 톡 떨어진다
본래 없었던 것
잃은 것은 무엇이냐
얻은 것은 무엇이냐
피지 않으면 꽃이 아니지
지지 않으면 꽃이 아니지
뭐 그리 애달프랴
밤이슬 햇살에 부서지는 절정
그렇게, 찬란하게
그렇게,
뜨겁게 살다 가는 것을!

이별 순간 사랑 알았네

무논에 잡초 뽑으려 장화발
옮기니 물이 샌다
보내야 하는가

논둑길 밟으며 고운 풀꽃에
홀려 고마움 잊고 살았네
하늘 접어 손 편지 쓴다

가시에 찔린 고통
돌부리에 차인 설움
소똥 개똥에 비벼져 매스꺼움 삼킨 괴로움
뻘속 숨 막히던 답답함
아픈 순간이 대부분이었지만
줄 수 있어 행복했다고

오해는 말거라
사랑하지 않은 순간은 없었으니

구멍을 때웠다
어쩜 함께하는 시간만큼 아픔이
길어진다 해도
차마,
널 버릴 수 없구나

응급실 두 모습

보름 동안,
물 한 모금 드시지 못하고
삶과 죽음을 넘나들고 계신 어무이

배고픔 본능에 못 이겨
꾸역꾸역 빵조각 밀어 넣고 있는 나

찬물 한 모금에 정신 차리니
참말로,
소보다 못한 놈!

바람처럼 살고 싶다

정상화 제6시집

2023년 11월 20일 초판 1쇄
2023년 11월 23일 발행
지 은 이 : 정상화
펴 낸 이 : 김락호
디자인 편집 : 이은희
기 획 : 시사랑음악사랑
연 락 처 : 1899-1341
홈페이지 주소 : www.poemmusic.net
E-Mail : poemarts@hanmail.net

정가 :12,000원
ISBN : 979-11-6284-489-2